Montessori

Mes histoires à lire seul !

À la ferme

suivi de À cheval

Anaïs Galon
Professeur des écoles – Formée à la pédagogie Montessori

Christine Nougarolles
Orthophoniste et formatrice Montessori

Julie Rinaldi
Linguiste - Formée à la pédagogie Montessori

Illustrations
Amélie Clavier

Direction de publication : Carine Girac-Marinier
Direction éditoriale : Claude Nimmo
Direction éditoriale adjointe : Julie Pelpel-Moulian
Direction artistique : Uli Meindl
Réalisation : Les PAOistes
Fabrication : Marlène Delbeken

© Éditions Larousse 2018

ISBN : 978-2-03-594720-8

Police de caractères utilisée pour le texte des histoires et les images et étiquettes : Cursive Dumont maternelle, © Danièle Dumont, 2016.
Image du verrou p. 29 : Fotolia © Laurin Rinder.

Imprimé par G. Canale & CSA. Bucarest (Roumanie)
Dépôt légal : décembre 2017 - 320631/05
N° de projet : 11039475 – juillet 2018

LAROUSSE s'engage pour l'environnement en réduisant l'empreinte carbone de ses livres. Celle de cet exemplaire est de :
300 g éq. CO$_2$
Rendez-vous sur
www.larousse-durable.fr

PAPIER À BASE DE
FIBRES CERTIFIÉES

Note des auteurs

De ses observations scientifiques, Maria Montessori a déduit que l'acte de lire résulte de l'acte d'écrire. Ainsi, dans la pensée Montessori, on donne d'abord au jeune enfant les clés du code (avec les lettres rugueuses notamment) afin qu'il puisse transcrire à l'écrit tous les sons qu'il entend à l'aide d'un alphabet mobile. Il accède ensuite à la lecture, quand il a lui-même l'idée de relire ses productions écrites. C'est ainsi qu'il découvre l'acte de lire.

La progression

Notre langue française est construite sur un modèle non transparent : nous trouvons plusieurs écritures possibles pour un même son, des lettres muettes, des lettres qui changent de son selon leur contexte proche, des lettres qui s'enchaînent les unes aux autres, formant un son parfois complexe à prononcer.

Une compétence de lecture par histoire

Dans cette série de livres, nous avons délibérément choisi d'adapter la progression de Maria Montessori, pensée à l'origine pour la langue italienne. Nous vous proposons donc des textes choisis en fonction des particularités du français écrit, où chaque histoire a été construite pour isoler la nouvelle « difficulté ».

Signalétique	Compétences travaillées
★	Lecture de mots courts et très simples (une lettre = un son). e muet noté en gris.
★★	Lecture de groupes de consonnes (br, cr, bl... notés en rouge). La lettre e prononcée « è » entre deux consonnes. Lecture des premiers mots outils (un, des, les, et, est).
★★★	Lecture des digrammes (deux lettres = un son) : ch, ou, on, an, in, gn, oi, ai (notés en vert).
★★★★	Lecture des groupes de consonnes, des digrammes, et de nouveaux mots outils.
★★★★★	Lecture des différentes écritures d'un même son (exemple : o = au = eau, notés en rouge.)

Vous pourrez proposer ces livres à votre enfant, sans pression, dès son entrée en lecture. Les illustrations lui permettront de s'auto-corriger et d'accéder au sens. N'hésitez pas à lui demander de vous raconter l'histoire à la fin de la lecture, puis à lui poser des petites questions portant sur le sens. Vous observerez certainement que votre enfant lit et relit la même histoire : c'est ainsi qu'il renforce sa confiance en lui, en se sentant devenir de plus en plus à l'aise et compétent.

Les images et les étiquettes à associer

Vous trouverez dans chaque livre de la collection une série d'images à découper, ainsi que des « billets de lecture » présentant les mots correspondant aux images. Nous vous suggérons de les découper et de proposer à votre enfant de les associer. Ce travail peut lui permettre :
• avant la lecture, de découvrir le vocabulaire de l'histoire et donc de faciliter sa compréhension,
• après la lecture, de retrouver ce vocabulaire pour le mémoriser.

Le choix de la police de caractères

Nous avons choisi d'utiliser pour ces histoires :
• une écriture cursive : les lettres qui s'attachent entre elles : cheval
• des majuscules en capitales : Milo

Lire en cursive est très intéressant pour la mise en place de la correspondance entre ce que l'on entend (les phonèmes) et ce que l'on voit (les graphèmes). Nous avons également choisi d'utiliser dès les premières histoires la ponctuation, porteuse de sens, or il est impossible de ponctuer un texte sans utiliser de majuscules. L'enfant absorbant indirectement, dans la vie écrite, les majuscules en capitales (clavier d'ordinateur, affiches, livres, école …) nous les avons préférées aux majuscules cursives. C'est pourquoi notre choix s'est porté sur la police Cursive Dumont maternelle.

Les auteurs.

À la ferme

À cheval

À la ferme

Milo a dormi à la ferme de Tata Lila.

Le jour se lève.

Le coq crie :

« Cocorico ! »

Co corico!

Milo apporte du blé
à la poule rousse.
Lilou la poule picore
le blé.
Le petit de Lilou
dort à côté.

Milo a mal fermé la porte.

Tata Lila passe près

de la basse-cour :

la poule a disparu !

Piou!

Milo apporte une carotte pour l'âne.

L'âne a goûté la carotte.

Tata crie :

« As-tu vu la poule ?

Je ne la trouve pas ! »

Milo court
comme un fou.
Il regarde partout.

Ouf ! Il retrouve
la poule près
de la route.

À cheval

Le mardi, Milo va
à l'écurie avec Mamie.
Il adore le cheval.
Il a préparé sa cravache.

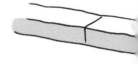

Arrivé à l'écurie,

il attache le vélo

à la barrière.

La chatte Chipie passe

à côté de lui.

Il salue sa copine

Charlotte.

Milo se balade
sur le dos de Chocolat.
Une cloche sonne fort.
Surpris, Chocolat se cabre.
Patatras ! Milo chute !

Charlotte attrape Chocolat
puis s'approche de Milo.
Il chuchote :

« Fini le cheval,

je préfère la marche ! »

À l'écurie, Milo,

rassuré, brosse

Chocolat, il lui dit :

« À mardi ! »

Comment utiliser les images
et les étiquettes mots ?

Vous trouverez dans chaque livre de la collection du matériel que vous pourrez conserver : une série d'images à découper, ainsi que des étiquettes présentant les mots correspondant aux images. Ces mots sont écrits avec le même code couleur que dans les histoires. Après les avoir découpées, proposez à votre enfant d'associer les illustrations et les étiquettes, c'est ce que l'on appelle, en pédagogie Montessori, « **mettre en paires** ». Ce travail va lui permettre :

Avant la lecture des histoires :

- de découvrir le vocabulaire des textes et donc de faciliter sa compréhension ;
- de repérer les sons et de s'entraîner à la lecture des mots.

Après la lecture des histoires :

- de retrouver le vocabulaire utilisé dans les textes et de le mémoriser.

Avec ces images, ces étiquettes mots et ces textes, votre enfant aura donc la possibilité de lire autant de fois qu'il le souhaite les histoires et sous deux formes différentes : la liberté de répétition est l'un des principes fondamentaux de la pensée Montessori.

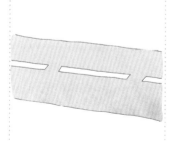

cheval

cravache

cheval	chatte
cravache	cloche
verrou	route

cloche

chatte

poule

route

verrou

basse-cour

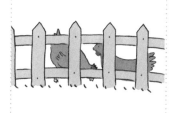

basse-cour

poule